RÉPONSE

DU

Dr COSTALLAT

A LA LETTRE

DU

Dr PEYRAMALE

Insérée dans le numéro du 28 avril 1860, du journal L'INTÉRÊT PUBLIC, de Tarbes

A PROPOS

DE LA PELLAGRE

TARBES

IMPRIMERIE DE J.-A. FOUGA, RUE BOURG-VIEUX, 38

— 1860 —

AVIS ESSENTIEL.

Cet opuscule était destiné à une publicité très-restreinte. Voici pourquoi je me décide à lui en donner une plus étendue. Je venais d'en remettre le manuscrit à l'imprimeur, quand j'ai lu dans l'*Union médicale* le compte-rendu de la séance du 5 mai de la société médicale d'émulation. Cette séance paraît avoir été consacrée toute entière à l'examen de la doctrine de Balardini que je soutiens. Personne ne l'à défendue. Seulement, M. Brierre de Boismont, rapporteur, s'est montré bienveillant dans ses conclusions. Mais il n'a pas été difficile à M. Depaul de prouver que ses conclusions étaient en contradiction avec le rapport. C'est donc par pure politesse qu'on n'a pas mis à la fin du procès-verbal qu'elles avaient été repoussées à l'unanimité.

Je ne présenterai qu'une seule objection, toujours la même; une phrase du procès-verbal m'en fournit l'occasion. M. Depaul a dit : *J'ai déjà émis, dans une autre séance, l'opinion que l'alimentation par le maïs n'est pour rien dans le développement de la pellagre, et je peux, aujourd'hui, l'appuyer des déclarations de la plupart des médecins des Pyrénées et des Landes.*

Ainsi, j'aurai envoyé à *presque tous* les médecins des Landes, de la Gironde, des Hautes et Basses-Pyrénées, et des arrondissements de Villefranche et de Castelnaudary ma brochure sur l'*Étiologie et la Prophylaxie de la Pellagre*, où on lit : 1° page 5 : *La question scientifique sera interminable tant qu'on suivra les errements actuels. Elle doit céder le pas à la question pratique, car ce que l'excellent livre de M. Th. Roussel n'a pu faire, aucun autre ne le fera. Le temps des discussions est donc passé ; il faut en venir à la démonstration, à la preuve ;* 2° page 7 : *Je viens de parcourir plusieurs contrées à pellagre des départements de la Gironde et des Landes, demandant partout de ces cas de pellagre, non précédés de l'usage du maïs dont on a tant parlé et qui ne résistent pas à un examen approfondi ;* 3° page 32 : *Depuis le 25 février 1857, et surtout pendant ma tournée des Landes, je n'ai cessé de demander, partout et toujours, à voir des cas de pellagre non précédés de l'usage du maïs ; et, quand on a voulu m'en montrer, il ne m'a pas été difficile de prouver qu'on s'était trompé.....* Je me serai, dis-je, exprimé aussi catégoriquement, et aucun confrère ne m'aura répondu par le seul argument que j'admets.

CONFRÈRES DES DÉPARTEMENTS A PELLAGRE,

Si quelqu'un de vous connaît un cas manifeste de pellagre, non précédé de l'usage du maïs, je le prie, et, s'il le faut, je le somme, au nom de la vérité, de le produire.

C.

RÉPONSE

DU

Dᴿ COSTALLAT

A LA LETTRE

DU

Dᴿ PEYRAMALE

Insérée dans le numéro du 28 avril 1860, du journal L'INTÉRÊT PUBLIC, de Tarbes

A PROPOS

DE LA PELLAGRE

Bagnères, le 9 mai 1860.

A Monsieur le rédacteur de l'INTÉRÊT PUBLIC.

Monsieur,

La réclamation de M. le docteur Peyramale, publiée dans votre numéro du 28 avril dernier, demande une réponse. Des raisons particulières, que je dirai plus tard, me forcent à la renvoyer à la fin de ce mois, peut-être même ne vous l'adresserai-je qu'à la fin de juillet.

En attendant, ne fut-ce que pour limiter le débat à l'avenir, il serait utile de porter à la connaissance du public les propositions suivantes qui ne tarderont pas, je l'espère, à être admises comme des axiômes. C'est un exposé succinct de la doctrine du docteur Balardini, telle que je la conçois et que je la défends depuis plus de trois ans :

1º Le verdet du maïs est à la pellagre ce que l'ergot du seigle est à l'ergotisme ;

2º Le verdet ne se montre qu'après la récolte ;

3º On en prévient, à coup sûr, le développement en passant le maïs au four, immédiatement ou peu de temps

après la cueillette, ainsi qu'on le pratique en Bourgo-
gne. (1)

4° La pellagre est fatalement mortelle quand les circonstances hygiéniques, au milieu desquelles on l'a con-
tractée, restent les mêmes ;

5° Elle ne frappe que les personnes qui font un usage
habituel et presque exclusif du maïs ;

6° Un bon régime alimentaire la guérirait certainement,
en plus ou moins de temps, dans la plupart des cas.

Convaincu qu'on obtiendrait, moins promptement sans
doute, le même résultat, en substituant seulement à la
farine ordinaire de maïs, dont se nourrissent les pellagreux, de la farine préservée du verdet, par le procédé
Bourguignon, j'ai demandé qu'on instituât officiellement
des expériences publiques qui, selon moi, prouveraient
que le verdet du maïs est la cause essentielle, unique de
la pellagre ; que cette maladie disparaîtra quand on pas-
sera au four, en temps convenable, tout le maïs destiné
à la nourriture de l'homme, et, par conséquent, qu'il n'y
a pas lieu à renoncer, ainsi qu'on l'a craint, à cette pré-
cieuse graminée. (2)

Depuis le 28 juillet 1858, je n'ai cessé de répéter : *Le
temps des discussions est passé ; il faut en venir à l'expéri-
mentation, à la preuve.* Mais on continue à perdre un
temps précieux en vaines discussions. Tel médecin,
n'accordant au verdet qu'une certaine part dans la pro-
duction de la pellagre, trouve la doctrine nouvelle trop
exclusive, trop absolue, quand son principal mérite est
de n'admettre aucun moyen terme, aucune exception.
C'est par là précisément que la pellagre se rapproche le
plus de l'ergotisme, à côté duquel sa place est désormais
marquée.

La nouvelle doctrine est si nette qu'un seul fait *mani-
festement* contraire la renverserait. Nous avons malheu-
reusement trop d'occasions d'étudier la pellagre. Pourquoi alors irions-nous chercher des exemples de cette

---

(1) Pour plus de détails, voyez la note sur la conservation du
maïs, dans ma brochure, page 55.

(2) Voir, page 55 de ma brochure, les détails de l'expérience
projetée.

maladie non précédés de l'usage du maïs dans des auteurs qui, la plupart, ont écrit avant que le docteur Balardini eût signalé l'existence et les effets toxiques du verdet? Ne serait-il pas plus simple d'en chercher? Ces cas, s'il en pouvait exister, seraient-ils tellement rares qu'on ne pût en trouver et en montrer *un*?

J'en dirai autant des prétendues guérisons par l'usage d'une eau sulfureuse naturelle quelconque, un empoisonnement continu ne pouvant cesser que par la suppression du poison.

Réduite à ces termes, la question de la pellagre est facile à résoudre : la recrudescence annuelle commence à peine ; et si mes confrères des pays à pellagre veulent bien y mettre un peu de bonne volonté, nous pourrons savoir, avant la fin de l'année, à quoi nous en tenir sur l'étiologie et la prophylaxie de l'une de nos plus hideuses maladies.

Veuillez agréer, etc.

COSTALLAT, médecin.

Bagnères, le 10 juillet 1860.

*A Monsieur le rédacteur de l'*INTÉRÊT PUBLIC.

Par ma lettre du 9 mai, que vous avez bien voulu insérer dans votre numéro du 12 du même mois, je crois avoir coupé court à toute discussion sur la pellagre, en mettant mes adversaires en demeure de montrer *un cas manifeste* de pellagre non précédé de l'usage du maïs, ou guéri par une eau sulfureuse naturelle quelconque. Tant qu'on n'aura pas trouvé ce phénix, les belles théories de M. Peyramale, sa *dialectique*, sa *critique*, sa *logique* si sûres, et même ses aménités, n'auront pas le don de provoquer une réponse de ma part. Je veux rester dans le domaine des faits et édifier le public sur la singulière manière dont mon confrère les présente.

Pour plus de clarté, je diviserai ma réponse en paragraphes. Je reproduirai en entier chacun des fragments de la lettre de M. Peyramale, auxquels je veux répondre, et je le ferai aussitôt suivre de mes observations, de mes rectifications. Ce sera long, peut-être même ennuyeux pour le lecteur ; mais c'est la seule manière de l'initier à la tactique de mon adversaire.

—

« En 1858, l'administration, préoccupée d'une maladie grave du nom *pellagre*, qui existe en France depuis 40 ans, et dont les ravages vont croissant, fit un appel aux médecins des Hautes-Pyrénées afin d'aviser aux moyens de la combattre. Elle les invita à envoyer leurs observations au conseil départemental d'hygiène et de salubrité, en même temps qu'elle demandait un rapport à celui-ci.

» La plupart répondirent à cet appel. M. Costallat, de Bagnères, crut devoir porter ses communications plus haut. »

Ne dirait-on pas que j'ai refusé mon concours à l'administration ? La vérité est qu'au contraire, c'est moi qui, le premier, ai provoqué son intervention, par ma note du 1er mars 1857, adressée à M. le sous-préfet de Bagnères. On verra tout-à-l'heure quels motifs m'ont, plus tard, déterminé à m'adresser directement au ministre.

—

« La discussion roule sur deux façons d'aphorisme de M. Costallat ainsi posées :
« 1° Pas de pellagre sans verdet (altération du maïs) ;
» 2° Pas de guérison par une eau sulfureuse naturelle quelconque ; qu'on en montre. »
» que ; qu'on en montre. »
» On en a montré et on en montrera ; mais, comme Montesquieu l'a dit, la passion ne fait pas voir. »

Mon adversaire n'a rien montré du tout. Sa modération ne lui a pas plus servi que la passion n'aurait pu faire.

« M. Marchand, à la capacité duquel la ville de Bordeaux a commis sa confiance pour des recherches dans les Landes, sur le mal qui nous occupe, et qui a trouvé le canton de Captieux ravagé, dit : « Ce blé n'est pas et ne peut être cultivé dans ce canton, et l'on y est trop pauvre pour en acheter. »

M. Marchand a été mal renseigné. J'affirme, pour

l'avoir vu de mes yeux, en 1858, que la culture du maïs
est aussi répandue dans les environs de Captieux que
dans aucune autre partie des Landes. Il est même remar-
quable que, dans une assez grande étendue de l'arron-
dissement de Bazas, auquel Captieux appartient, on est
dans l'usage, de temps immémorial, de passer au four
une partie de la récolte. Ainsi préparé, le maïs se vend,
au marché, 1 fr. 50 c. environ de plus que le maïs ordinaire. Si quelque doute pouvait s'élever sur la fidélité de
ces renseignements, j'en appellerais à M. le docteur
Lagüe, maire de Captieux, de qui je les tiens.

———

« M. Costallat a trouvé, comme il le dit à S. Exc. M. le ministre
de l'agriculture dans sa brochure, que la circulaire préfectorale
avait produit un mauvais effet en consultant le corps médical du
département, sur la pellagre en général. D'après lui, il suffisait de
lui dire : Un de vos confrères assure que le verdet est l'unique
cause de la pellagre et que le maïs est, à coup sûr, préservé du
verdet par son passage au four au moment de la récolte. Qu'en
pensez-vous ? »

Pour mettre le lecteur au courant, je suis obligé de
transcrire quelques passages de ma brochure :

Première lettre adressée à M. le ministre de l'agriculture
et du commerce, le 5 octobre 1857.

« M. le préfet des Hautes-Pyrénées, à qui ma note fut transmise,
a consulté le conseil d'hygiène du chef-lieu et a adressé aux maires
du département une circulaire à ce sujet. Permettez-moi, monsieur le ministre, de faire remarquer à Votre Excellence qu'une
publication qui ne tient aucun compte des moyens prophylacti-
ques proposés, et dans laquelle on ne trouve même pas le mot
maïs, ne peut, en aucune façon, conjurer le danger qui menace
nos populations rurales. » (1)

Deuxième lettre, du 8 juillet 1858.

« Monsieur le ministre,

» Le traitement prophylactique et curatif de la pellagre est une
question de vie ou de mort pour 3,000 habitants des landes de
Gascogne seulement; ce traitement a été tracé en 1845 par le
docteur Balardini et par son éloquent interprète, M. Th. Roussel.
Aucune vérité n'étant, à mes yeux, mieux démontrée en théra-
peutique, vous ne serez pas étonné de l'insistance que j'ai mise à

———

(1) Etiologie et Prophylaxie de la Pellagre, page 47.

la faire triompher. Depuis la lettre que j'ai eu l'honneur d'adresser à Votre Excellence le 5 octobre 1857, le mauvais effet produit par la circulaire de M. le préfet des Hautes-Pyrénées est plus manifeste. Mais aussi, pourquoi consulter le corps médical du département, sur la pellagre en général, quand il suffisait de lui dire : Un de vos confrères assure que le *verdet* est l'unique cause de la pellagre et que le maïs est, à coup sûr, préservé du *verdet* par son passage au four, au moment de la récolte.... qu'en pensez-vous ?.... Le débat étant mal engagé, il était visible qu'il n'aboutirait pas.

» Dès-lors m'a été démontrée la nécessité de poser autrement le problème et d'en chercher la solution ailleurs. » (1)

Dans ma réponse au conseil départemental d'hygiène, je dis :

« Le conseil d'hygiène en jugea autrement quand il rédigea la circulaire préfectorale du 10 juillet 1857, il ne dit pas un mot de ma note du 1er mars qui l'avait provoquée et dans laquelle j'avais nettement posé la question, en disant : « La pellagre est un em-
» poisonnement par le verdet. La grande épidémie de 1857, coïn-
» cidant avec la consommation d'une grande quantité de maïs
» altéré par le champignon parasite, en est une preuve presque
» certaine ; on empêche le verdet d'apparaître en passant au four
» le maïs à peine récolté ; on arrêterait le fléau en interdisant l'in-
» troduction dans nos ports et la vente sur nos marchés de maïs
» avariés, etc., etc. »

» Au lieu de porter à la connaissance de nos confrères ces idées ignorées de la plupart d'entre eux et dont l'étude leur aurait certainement paru intéressante, les éléments ne leur manquant pas pour en faire l'application, au grand avantage de leurs clients, le conseil d'hygiène les a consultés sur la pellagre en général ; aussi qu'est-il arrivé ? Dans le petit nombre de mémoires que l'on a reçus, *les praticiens ont cru pouvoir se contenter d'écrire, chacun de son côté, l'histoire de la maladie envisagée au point de vue de leur observation personnelle.* C'est M. Duplan qui s'en plaint ainsi, comme s'il en pouvait être autrement. »

Et quelques lignes plus bas :

« Ainsi se trouvaient justifiées mes plaintes adressées, le 5 octobre précédent, à S. Exc. le ministre de l'agriculture, contre la circulaire préfectorale du 10 juillet, et la résolution que je venais alors de prendre de me soustraire au verdict de juges évidemment prévenus, en posant autrement la question et en cherchant la solution ailleurs. » (2)

_____

(1) Etiologie et Prophylaxie de la Pellagre, page 5.
(2) Ibid, page 31.

« M. Costallat, après s'être appliqué à présenter le sujet de ma première observation comme ayant fait une grande consommation de la graine par lui accusée d'empoisonnement, dit tout-à-coup : « Après cela personne ne croira que Jean-Marie Noguès ait » eu la pellagre. »

» *Après cela*, ne devait-on pas en attendre une des mieux conditionnées? Point du tout. Le raisonnement peut être en défaut : mais le tour est habile. Il lui a été donné dans la famille des renseignements clairs et précis qui ne pouvaient laisser aucun doute sur l'existence de la pellagre, non plus que sur la guérison rapide par l'eau sulfureuse de Gazost. Il n'en dit pas un mot.

» Ces documents ne s'accommodaient point à sa thèse. Prouver l'empoisonnement par le verdet, chez Noguès, de St-Martin, n'était pas chose facile : le maïs y est choisi, soigneusement conservé et même très bien préparé. L'efficacité du traitement n'était pas moins embarrassante. Mon contradicteur a su vaincre les deux difficultés par un seul expédient : il a nié la maladie ; c'était assurément le parti le plus court. Il n'avait pas vu le malade ; mais qu'importe? La logique dit bien : Prouvez ce que vous niez. Mais si les lois de la logique sont gênantes, pourquoi ne pas les laisser de côté? Et, au besoin, on peut bien argumenter contre elles. A entendre l'auteur de la brochure, le malade n'aurait pas été malade. »

Voilà comment mon adversaire croit se tirer du mauvais pas où il s'est mis en publiant sa cure miraculeuse. Un fait médical serait-il donc si élastique qu'on pût en donner trois éditions différentes et contradictoires?

Première édition.

« Jean-Marie Noguès, de St-Martin, âgé de 84 ans, a réclamé mes soins, il y a trois semaines, pour une *pellagre* aux mains, aux pieds et aux jambes, qui existait depuis un an. Enflure considérable, squammeuses épaisses, deux ulcérations sur une main et une jambe, aspect hideux de ces parties, vertige, un peu de trouble dans l'intelligence, voilà les symptômes. Deux litres d'eau de Gazost, en bains et lotions, ont suffi pour une guérison complète en cinq jours. Les bourgeons charnus poussaient, pour ainsi dire, à vue d'œil, dans les solutions de continuité. Un mal si rebelle guéri en cinq jours! » (1)

Deuxième édition, modifiée et considérablement augmentée pour la circonstance.

« XIXᵉ OBSERVATION.— Vers la fin de l'année 1856, le même praticien est mandé par le sieur Jean-Marie Noguès, domicilié du village de St-Martin. Cet homme, de tempérament sanguin, de cons-

(1) *Intérêt public* du 18 novembre 1856.

titution vigoureuse, était parvenu à sa 84ᵉ année, sans jamais avoir essuyé la moindre maladie.

» Très laborieux, il passait la plus grande partie de son temps au milieu des champs, bravant, sans en être dérangé, les intempéries de l'air et du soleil, et conservant toujours le caractère le plus gai.

» Bien logé, bien nourri, n'usant jamais de maïs, Noguès avait eu de tous temps l'habitude de boire du vin assez généreux, sans l'étendre de beaucoup d'eau, dont il parvenait à peine à dissimumuler la couleur par l'addition d'une faible quantité de mauvais vin.

» C'est à partir de cette modification dans le régime, qu'éclatent chez Noguès les symptômes de la pellagre. Ses mains, ses pieds, et ses jambes sont envahis par l'éruption érythémateuse, qui s'accompagne de l'engorgement de ces parties; des squames se forment, et leur chute laisse voir sur chaque jambe un ulcère fétide du plus mauvais aspect. L'appétit est diminué, les digestions sont lentes et laborieuses; il y a des vertiges; un trouble profond se remarque dans les facultés intellectuelles, et, bien que chez cet homme la maladie remonte à peine à un an, il existe dans tout son être une faiblesse extrême.

» Sur le conseil de M. Peyramale, Noguès est conduit à la source de Gazost. Il s'y baigne, lotionne plusieurs fois le jour ses jambes ulcérées, et boit quelques verres d'eau minérale. Le régime ne se compose que de bouillon substantiel et de vin rouge étendu dans de l'eau commune.

» Cinq jours de ce traitement ont suffi pour amener la guérison de Noguès, à la grande surprise de M. Boffis, desservant de la commune, et de plusieurs voisins. » (1)

Qui que vous soyez, lecteur bienveillant ou hostile, prêtez attention à la réponse que je fis, le 25 décembre 1858 :

« Un paysan de la vallée de l'Adour, qui jamais dans sa longue carrière n'adopta l'usage du maïs, et que l'on a guéri de la pellagre en cinq jours!... cela valait la peine d'être vérifié. Je me suis rendu le 21 novembre 1858 à Saint-Martin, et voici ce que Joseph Noguès m'a dit en présence de plusieurs membres de sa famille :

« Mon oncle Jean-Marie (le sujet de l'observation) est mort le » 28 décembre 1856; il mangeait comme nous tous, du pastet » (bouillie de maïs au bouillon ou à l'eau) deux fois par jour, du- » rant tout l'hiver et assez souvent le reste de l'année; il était » surtout grand amateur de harial (bouillie de maïs au lait); il » buvait du vin du crû et il n'y mettait pas plus d'eau et il n'en » buvait pas moins que d'habitude dans les dernières années de » son existence; il n'est jamais allé à Gazost. Le 1ᵉʳ novembre

(1) Rapport du conseil d'hygiène de Tarbes.

» 1856, François Noguès (un autre neveu de Jean-Marie) alla
» chercher à Gazost deux bouteilles d'eau sulfureuse, de la con-
» tenance de deux litres chacune. Le malade en a bu tous les jours
» un verre et s'est bassiné, une fois par jour, les mains, les pieds
» et les jambes avec une égale quantité de la même eau préala-
» blement tiédie devant le feu. »

» Après cela, personne ne croira que Jean-Marie Noguès ait eu
la pellagre, ni n'attendra un résultat quelconque du mode d'administration de l'eau sulfureuse suivi par lui. Il ne reste donc rien de
cette cure tant vantée. » (1)

Maintenant récapitulons :

1° Tous les médecins sont d'accord que, avec le régime
qu'il a *réellement* suivi, Noguès était complètement à
l'abri de la pellagre ;

2° C'est seulement seize jours après la cure prétendue
que M. Peyramale la donne pour certaine, après cinq
jours de traitement.... et quel traitement !

3° Dans sa première édition, mon adversaire n'avait
pas soufflé mot de la circonstance relative au maïs ; elle
valait cependant bien la peine d'être mentionnée. Mais le
besoin s'étant fait sentir, plus tard, d'offrir au public au
moins une observation de pellagre sans maïs, mon adversaire, mal servi par sa mémoire, a dit que Noguès, un
paysan de la vallée de l'Adour, était arrivé à 83 ans sans
avoir fait usage de maïs. Pareille chose ne se verra pas
dans cent ans ;

4° M. Peyramale avait dit d'abord : *Deux litres d'eau de
Gazost en bains et lotions ont suffi pour une guérison complète, en cinq jours* ; mais, s'étant, sans doute, aperçu que
cela tenait trop du miracle, il a cru se souvenir que
Noguès s'était rendu à Gazost, la source préférée, tandis
qu'en réalité il n'y a jamais mis les pieds ;

5° Que dire de *ces bourgeons charnus poussant, pour
ainsi dire, à vue d'œil, dans les solutions de continuité,*
chez un pellagreux de 83 ans? Qui jamais a vu pareille
chose dans la pellagre? Noguès est mort le 28 décembre 1856 ; il n'a donc survécu que 57 jours à sa prétendue guérison.

Et d'une.

(1) Etiologie et Prophylaxie de la Pellagre, page 33.

« Marie Dulac, de Horgues, fut guérie en douze jours, par l'eau sulfureuse de Gazost, d'une pellagre alarmante, qui existait depuis trois ans.

» Ici mon confrère accorde la maladie. Il conteste la guérison. S'étant rendu chez Marie Dulac, il lui offre généreusement ses conseils pour la guérir. Celle-ci de soutenir qu'elle est guérie ; M. Costallat de soutenir qu'elle est malade et sans doute d'autant plus qu'elle ne sent pas son mal, comme le gentilhomme du Périgord. Plus heureuse que M. de Pourceaugnac, Marie Dulac peut au moins gagner promptement le large.

» Du reste, elle aurait pu avoir la complaisance de vouloir être malade, elle devait être guérie seulement en s'abstenant de maïs pendant un an. Elle en a mangé depuis comme par le passé ; et elle a continué de se bien porter et de travailler. »

Qui croirait, à la lecture de ces gentillesses, qu'on trouve, dans ma brochure, page 40, cette appréciation ?

« Le 21 novembre 1858, cette malade éprouvait, depuis huit jours, les symptômes précurseurs d'une recrudescence : malaise, maux d'estomac, salive abondante et salée, ardeur au gosier, coliques, douleur aux lombes, sentiment de brûlure au dos des mains, rougeurs et tuméfaction commençante dans ces parties. La coloration jaune des pieds, qui n'avait pas tout-à-fait disparu, a sensiblement augmenté. L'état d'ivresse, les étourdissements, la faiblesse des jambes avaient cependant diminué, mais existaient toujours. Voilà la malade présentée par le rapport *comme complètement guérie tant au physique qu'au moral*, par les eaux de Gazost prises sur les lieux, en bains et en boisson, *en douze jours*. » (1)

Libre à M. Peyramale d'affirmer de nouveau cette guérison, mais aussi libre à moi de n'ajouter foi à ses assertions qu'après bonne vérification. Or, je ne puis plus me présenter chez Marie Dulac, depuis que son père et sa sœur se sont montrés mécontents de la visite que je lui fis le 21 novembre 1858, au point d'oser me soutenir qu'elle était guérie, au moment même où je constatais une recrudescence commençante.

Et de deux.

M. Peyramale ne s'est pas contenté de chercher à ressusciter les deux seules observations qu'il ait fournies au conseil d'hygiène de Tarbes. Ayant appris que j'avais

_____

(1) Étiologie et Prophylaxie de la Pellagre, page 40.

visité d'autres malades à Horgues, il a cru pouvoir prendre une revanche. Voyons s'il a réussi.

—

« De chez Dulac, M. Costallat se rendit chez Sarrail. Il ne trouva pas la femme, mais le mari lui fit l'historique de la maladie et de la guérison. Danièle Sarrail, après avoir supporté trois ans une pellagre des plus caractérisées et avoir fait en vain usage de je ne sais quelles eaux de Bagnères, était dans un découragement extrême. A force d'instances, ses amies, Marie Dulac entr'autres, la déterminèrent à partir pour Gazost. Après quinze jours de bains et de boisson, elle se retira guérie. Elle jouit depuis, et il y a trois ans, d'une santé brillante. M. Costallat n'a pas jugé à propos de faire mention de ce cas dans sa brochure. Pourquoi n'en a-t-il rien dit? Il a trouvé, sans doute, qu'il ne parlait pas mal pour les *guérisseurs par l'eau sulfureuse.* »

Je transcris *textuellement* les notes que j'ai prises le 21 novembre 1858 chez la malade :

« Christine Sarrail-Darré, d'Orincles, âgée de 42 ans, travaillant aux champs, ayant eu trois enfants. (Je ne l'ai pas vue; j'écris les renseignements suivants sous la dictée de sa belle-mère.) Il y a quatre ou cinq ans, début de la maladie. Erythème aux mains et aux pieds, tout l'été. Régime : *Pastet*, deux fois par jour en hiver, une fois en été. Il y a deux ans seulement qu'on fit attention à son état, à cause des étourdissements qu'elle éprouvait et des chutes qu'elle faisait. L'année dernière (1857), M. le docteur Lamathe, de Bénac, lui conseilla *de ne plus manger du maïs*, et l'envoya aux eaux de Gazost, au mois d'octobre. Elle y demeura quinze jours, mangeant du pain, du lait, de la viande, de la soupe; point de maïs. Amélioration sensible. Cette année, en juin, érythème aux pieds et aux mains, qui a cessé depuis deux mois. N'a fait aucun traitement, n'a vu aucun médecin. »

Ces renseignements me furent donnés de bonne grace par la belle-mère de la malade et non par son mari. Je les crois sincères. Et pourquoi ne le seraient-ils pas? Quel intérêt pouvait-on avoir à me tromper? Cependant ils diffèrent de ceux fournis par M. Peyramale sur quelques points importants. *Si le vain usage de je ne sais quel-*

les eaux de Bagnères ne s'y trouve pas mentionné, on y trouve consignées deux circonstances qu'on a eu grand tort de laisser ignorer à M. Peyramale. M. le docteur Lamathe a conseillé de s'abstenir de l'usage du maïs, et loin que la malade fût guérie à l'époque dont parle M. Peyramale, elle avait été affectée, au mois de juin précédent, de l'érythème caractéristique. Encore un fait qui contraria les guérisseurs par l'eau sulfureuse ; ce n'est pas moi qui suis allé le chercher. Et mon adversaire s'étonne que je n'en aie pas fait mention ! J'avais de bonnes raisons pour m'en abstenir. Le rapport du conseil d'hygiène n'en parlait pas, et je n'avais pas vu la malade.

Et de trois.

——

Furieux de modération, comme un général célèbre appelait les hommes sous ses ordres, mon adversaire n'a pas craint de pousser au scandale.

« Les autres confrères, dit-il, qui ont fourni des observations, sont traités à peu près avec le même sans-façon : il fait tomber M. Duplan, de Laborde, en *admiration après lui avoir lu ses notes et observations*, puis il lui donne le plus vif regret de n'avoir pas suivi son *charitable* conseil.

» Or, M. Duplan, de Laborde, a exprimé dans une lettre le plus grand étonnement de ce langage. »

En traçant ces lignes, M. Peyramale savait bien que, dans la même lettre ou dans une autre, M. Duplan, de Laborde, *nie être tombé en admiration devant les recherches de Balardini*, et dit seulement, *avoir bien aimé à les voir, parce qu'elles l'ont confirmé dans toutes ses opinions précédentes sur la pellagre, opinions qu'il maintient en entier et dont il ne rétracte rien.* C'est donc un démenti qu'on m'adresse, quand on est à bout d'arguments. Eh bien ! va pour le démenti. A nous deux, M. Duplan, de Laborde, en face du public ; je vais lui expliquer vos phrases entortillées.

Le 11 novembre 1857, un de mes neveux devant partir pour Lima, M. Duplan père, de Laborde, lui donna très-gracieusement une lettre de recommandation pour celui de ses fils qui habite cette ville. Pour témoigner ma reconnaissance à **M.** Duplan, je le priai de monter avec moi dans mon cabinet. Je lui lus quelques passages de la note que j'avais adressée, le 1er mars, à **M.** le sous-préfet de Bagnères, et je l'engageai instamment à dire à son fils de bien se garder de répondre à la circulaire préfectorale avant de m'avoir vu. Plusieurs mois se passèrent sans nouvelles de **MM.** Duplan, de Laborde. Enfin, dans les derniers jours de mai 1858, **M.** Duplan fils vient me voir. — Ah! vous voilà, lui dis-je; je parie que vous avez envoyé un mémoire sur la pellagre? — Oui, me répondit-il. — Pour votre punition, écoutez, lisez, examinez, et en même temps je lui communiquai le fruit de mes études de quinze mois. *Mon confrère*, je le répète, *tomba en admiration devant les recherches de Balardini et de Roussel et m'exprima le plus vif regret de n'avoir pas suivi mon charitable conseil.* (Page 31 de ma brochure.) Il est toujours honorable d'avouer qu'on s'est trompé. Quelle mauvaise influence a donc pu faire sortir **M.** Duplan de la bonne voie? Mais n'anticipons pas. En me quittant, mon confrère se rendit à Pau, et peu de jours après, il me racontait sa visite à l'asile des aliénés et sa conversation avec **M.** le docteur Chambert qui en était alors médecin en chef-directeur. **M.** Chambert, que je n'avais pas encore l'honneur de connaître, l'avait chargé de m'inviter à lui faire une visite, à mon retour de ma tournée des Landes, que j'étais sur le point de faire. Il va sans dire que je ne manquai pas de répondre à la bienveillante invitation de cet estimable confrère.

Quand **M.** Duplan s'est décidé à nier ce que j'avais dit de lui, il a dû faire ce calcul : Personne n'assistant à mes deux conversations avec le docteur Costallat, je puis sauter le pas sans crainte d'être démasqué. Mais comme on ne pense jamais à tout, **M.** Duplan, de Laborde, n'a pas pris garde qu'il s'était lui-même trahi d'avance en me racontant son entretien avec **M.** Chambert. J'ai exposé à ce digne confrère, la position qui m'était faite et réclamé son témoignage. Voici sa réponse : (1)

_____

(1) J'ai reçu cette lettre au moment où je me préparais à un long voyage. Voilà pourquoi je n'ai pas répondu plus tôt à la lettre de **M.** Peyramale.

« Beaumont, 27 mai 1860.

» Mon cher confrère,

» C'est pendant ma tournée en Gascogne (que je suis à la veille
de quitter) que j'ai reçu votre lettre du 21 de ce mois. Je me hâte
d'y répondre, mais deux mots seulement.

» Je vous plains de vous voir aux prises avec les tracasseries
dont vous me parlez ; mais que voulez-vous déduire d'une simple
causerie entre deux confrères qui ne se connaissaient pas et qui
n'ont pu parler de vous et de la pellagre que très incidemment ?
M. Duplan, dans un langage dont je ne puis rappeler les termes,
m'a paru bienveillant et convenable, soit pour vous personnelle-
ment, soit pour vos travaux. Pouvait-il en être autrement ? N'ayez
donc pas recours, dans le conflit actuel, à un incident aussi insi-
gnifiant. Ce serait, à mon sens, une pauvre argumentation, et je
ne comprendrais pas d'ailleurs que je pusse être mêlé là-dedans
sine materiâ.

» Poursuivez vos travaux en dépit de vos détracteurs, s'il y en
a ; la vérité se fait jour tôt ou tard ; c'est elle que désirent la
science et l'humanité ; c'est elle que vous cherchez.

» Adieu, mon cher Monsieur Costallat ; croyez à la sincérité de
mes sentiments confraternels.

» J. CHAMBERT. »

Certifié conforme à l'original :

COSTALLAT.

Mes adversaires auront beau faire ; ils sont et ils reste-
ront sur le coup du jugement porté par le comité con-
sultatif, en ces termes :

» La Commission qui s'est fait un devoir de soumettre à une
étude minutieuse tous ces documents qui ont coûté tant de peine
et de soins à leurs auteurs, et qui méritaient tous un examen im-
partial, est forcée de reconnaître que l'enquête à laquelle il a été
procédé par les soins du conseil d'hygiène des Hautes-Pyrénées,
n'a pas répondu exactement aux vues de l'administration supérieure. Au lieu de recueillir et de constater les faits qui pouvaient
préparer une solution pratique et permettre à l'autorité de pres-
crire les mesures les mieux appropriées à chaque localité, les auteurs du rapport ont cru devoir donner une description banale
des symptômes de la pellagre, et se livrer à une discussion théo-
rique de ses causes. C'est une œuvre polémique dirigée contre
les opinions soutenues par le docteur Costallat, et une apologie
d'un traitement qui n'a pas reçu encore la sanction de l'expérience, bien plus qu'un résumé d'une enquête administrative propre à
éclairer et à diriger la conduite de l'autorité supérieure. Nous ne
pousserons pas plus loin l'examen de cette pièce qui ne peut être
mise à profit pour l'étude de la question qui est soumise à l'appréciation du comité. » (1)

(1) Etiologie et Prophylaxie de la Pellagre, page 45.

Je ne saurais trop, Monsieur le rédacteur, vous remercier de m'avoir accordé, sans la moindre hésitation, le concours de votre publicité.

Veuillez agréer l'expression de ma reconnaissance et mes salutations empressées.

COSTALLAT, médecin.

Tarbes. — Imprimerie de J.-A. FOUGA.

www.ingramcontent.com/pod-product-compliance
Lightning Source LLC
Chambersburg PA
CBHW061417170626
46811CB00005B/2021